KB136643

내 장독대 긴 가장자리에 무지개가 피다

내 장독대 길 가장자리에 무지개가 떴다

천 혜 영

당그래

책머리

내 스무 살 즈음에 태어난 글들이
이제야 부끄러움을 벗을 수 있었던 건
아마도 나에게 과분한
그들의 사랑덕분일 것이다.

"행복한가요 그대"
여행 끝에 만난 김제동의 톡투유는
나를 어리석은 바보에서 진정한 바보로 가는
문을 열어주었다.
말없이 품어주던 눈빛과 기꺼이 내어주던 무릎에
긴장한 마음이 와르르 쏟아 내렸다.
그의 덕분인지 신경 쓰지 않아도 될 증명들로
고생했던 시간들이 오히려 힘이 된 이 여름날이
뜨겁지만 덥지 않은 이유이다.
나는 마땅히 당당해야함에도 습관적으로 움츠러들었다.
그럼에도 두 손 들어 응원해준 손길에 감사하고 싶다.

나는 지금 이 순간
모든 것이 새롭게 깨끗하다.

천 혜 영

봄
- 새콤할 수밖에 없었던 나날

여름
- 호기심 많던 빈 집터는 놀이터

가을

- 늦여름에 나팔꽃을 꺾던 이른 저녁

겨울
- 그림 그리는 시인의 밤

봄

새콤할 수밖에 없었던 나날

고백

물도 없고 땅도 없던 아빠는 엄마에게
그저 창 너머 환하게 비치는 아침을
보여 드릴 수 있다고 좋아 하시지요
까칠까칠한 턱수염들 아랑곳하지 않고
고운 입맞춤을 하셨지요
볼 품 없는 황금싸리 열 송이도 드릴 수 있다고
껄껄 웃으시지요.

아기꽃샘 추위

가지 끝에 움트는 눈은
깜짝 놀라 움츠리고

뾰족하게 돋는 새싹은
멈칫하여 숨을 고르지만

오는 봄의 끝은
어느 누가 막을 수가 있으랴.

어린 동백꽃

어느 날들처럼
철새바람에 둘러싸여
찾아오는 동안
노란 향기가 날렸고

물새에게 빼앗긴 그 봄은
수줍은 듯 사랑을 말하고
꽃잎을 쉽사리 열지 않았다

헤프게 푼 마음을
질긴 줄기 동여매며
눈을 질끈 감아보는 가운데

달콤한 꽃 꿀물마저 전부 도둑맞고 서 있다.

바램

담배연기와 배신이 서려 있던
저 토지의 수평선에 내리는
빗방울은 순수함으로 멍든
어머니의 손길이 왠지 달큼하다

무엇을 찾고 있는 거니?

네 한 잎의 깃털
사랑이 있는 한
무엇이 두려우냐.

새야, 내 태아가
안정감을 느낀다는데

마법은 달다

시간이 흐르면
내가 되고
강이 흐르면
네가 되는
저 길가너머에
마법할멈의 집은 맛있다

바삭거림이 달아난 눅눅한 집으로
반딧불을 모아 달콤한 세균을 만들어 보자.

향(香)빛

이름 모를 씨앗을 한 움큼 쥐어 있었던
손아귀는 칼바람으로 얼어터진 줄도 모르고
뒤뜰에 뿌리느냐 바빴다

며칠 후
시냇가에서 본
조약돌이 꽃 빛의 냄새를 풍깁니다

이 가냘픈 꽃 빛과 수줍은 조약돌이
구름처럼 사르르 녹는 사랑을 하려고
내게 손을 흔듭니다
나의 뒤뜰에서
옛 추억을 아롱거립니다.

라면철판볶음

하얀 손등에 붉은 물집을 만들어 놓은
달달 볶아진 라면에
찬물 한 바가지 퍼부었다.
누가 볼까 잽싸게 사라진다
제비꽃잎 하나가 물집 위에서
덮여 잔다.

위험한 소풍

좁은 계단을 나는 엄마와 둘이
손을 잡고 간다
엄마는 왼발 나는 오른발 디디며
구구단에서 알파벳까지 외우기 시작했다
가도 끝이 없는 이 길이 싫다 싫다고
우는 딸을 달래며 멍든 엄마의 가슴에
빨간 약초를 따서 조용히 놓았다

나비 따라 낭떠러지에 간 메아리는
어디 숨었니?
대답도 없다.

미술관

산과 강 사이에 있습니다

그 거울 속에서 너는
노을들로 지워져 가는데
태평하게 회상만 했습니다

옆에 있던 동생은
낡은 틀을 파도로 무너트리며
날린 매화꽃잎으로 빚어지고
화음에 말렸습니다

아슬아슬하게
얼굴을 맞대어
거울 안의 세상을 보니
새콤달콤한 딸기처럼
순수했습니다.

탄생

백지와 백지 사이
새싹 틔우는 소리가
자궁 밖으로 젖꼭지처럼 나오네

나무와 나무 사이
넓은 바다에
인내를 이고
노를 저어가네

너와 나 사이
라디오 속의 노래에
귀와 마음을 귀 기울여
침대에 누워가네

보이지 않은 젊은이

너희는 여기 보이지 않는 집안에
보이지 않는 사람이 보이지?
보이지 않는 쥐에게
보이지 않는 치즈를 주고 있잖아

농담 아냐.
여기 그림을 보라고
이리 와 봐, 내가 발견한
이 아름다운 그림을 보라고.

지붕

옆에 있는 남자아이는
머리카락으로 초가지붕의 틀을 잡고
눈으로 망원경을 설치하고
코와 입으로 하수구를 뚫고
귀로 망치를 만들어 장식을 한다

앞에서 소꿉놀이하던 여자아이는
목으로 푸른 옥상과 이은 계단을 올리고
팔로 멋진 처마를 만들어 붙이고
몸통으로 집의 내부를 아기자기 꾸며댄다

뒤에서 눈 가리기 하는 나는
다리로 튼튼한 곡선미가 넘친 기둥을 세우며
어머니와 내 인과애가 모인 가족의
지지고 볶는 삶을 도안하고 설계한다

기둥에 내 아버지의 추억까지 담아 세우고
신나게 콧노래를 한다.

다시 뚝딱 뚝딱

바닥목욕 전쟁 전

약을 뿌리고 수세미로
바닥을 목욕시키려면
목이 타는 듯 매워온다

전쟁을 치르다 보면
머리가 진동하듯 아파 더녀도
우리는 꿋꿋하게
약과 수세미를 들고 전진

휴식이다!! 소리치며
흔들의자에 앉았다.
경쾌한 클래식에 목을 축이고
다시 전쟁준비
어느새
적의 검은 방패에 힘이 빠진 엄마
화약 같은 약재에 누렇게 변해 버린 나

긴급회의하며 다짐한다

오늘은 후퇴하되

내일은 승리를 거둬 만찬을 누릴 것을.

구상

나는 연어를 성경에 구어
돌들에게 던져 주었다.

산(山)목련

동토에 뿌리 내린 겨울도 지나고
잎사귀 옷도 걸치지 않은 채
맨몸으로 달려 나와 봄의 임을 맞이하는
목련꽃이고 싶다.
우아한 자태로 봄에게 편지를 쓴다
산중턱 곳곳의 산 목련으로 피어라
강물처럼 흐르는 시간도 멈추게 하며
그대 온 몸 깊이 내려앉는 산 목련이고 싶다

새소리 바람소리 벗 삼으며

시들지 않을 때까지 소리 없이 꽃을 피울 순간
난 그대 가까이 서 있는 꽃 등이 되고 싶다.

폭죽

땅에서
묵직한 돌이 튀어 올라
빠르게 기차가 만들었습니다

거북이 두 마리가
백사장을 걸어 다니던
늦봄 내내
높이 높이 달리는
기차가 언제 터질까
목 빼고 올려다봅니다.

시골마당

이제는
오늘은 한 걸음씩 논과 밭을
밟아 누워 볼 때가 가까워지는구나

크고, 작은 검은 씨앗
부슬부슬 잠에서 깨어 힘자랑하며
폼 내는 씨앗들.

여름

호기심 많던 빈 집터는 놀이터

늦여름

지난해도 뽕잎 소리만 가득 찬 낡은 나팔소리처럼
다람쥐무릎에 우수수 떨어졌고

올해도 쌀 알갱이들의 물기를 미친 갈대에 흔들어 헹
궈졌고

내년에도 술이 스며드는 묘지에 메뚜기들이 가고 없는데
푸른 어둠 속에 반딧불로 나는 외로이 살겠지.

주(酒)술 수첩

소주 한 잔에 지난 과거는 그리움으로
두 잔에 추함에 박수와 환호성으로
세 잔에 아픔이 발효가 되어
넉 잔에 슬픔은 되새김질하다 잠들고
다섯 잔에 다시 녹음처럼 사랑이 짙어지고
여섯 잔에 나는 오지여행(奧地旅行)을 꿈꿨다

수첩을 꺼내 들다
부질없는 것들이 후두두둑 떨어진다.

소나무

소나무
소나무
소나무
소나무
소나무

사계절 내내
똑 같은 놈아.

내 너를
친구라 하면
나가떨어질 때에도
네 잎 새에 끼워
바람을 연주하리라.

빈 집

아무도 없는 빈집에
개미 한 마리가 등불을 밝힌 뒤
다리를 쭉 피고 누웠다

야자수를 빨며
노래를 흥얼거렸다.

빨래하는 가족

무릎과 허리를 접어
새끼 꼰 빨간 줄에 매달린다

심술쟁이 바람과
고집불통 태양이
내 몸을 바짝 말렸다

엄마는 거친 손으로
두세 번 문지르며
포개어 서랍 속에 넣고
꺼내어 보지도 않는다

뜨거운 숭늉 한 사발에 몸을 피더니
흰색으로 염색한다.

목이 매인 아. 버. 지.

늘 술통에 빠져 오신 아버지는
졸린 별빛을 등에 업고
비틀 비틀 거리며 걸어 오셨지.

이른 새벽
건조한 기침과 코고는 소리가 유난히
크게 울린 방 한구석에서
쓴 담배연기가 목매는지
가슴을 치셨지.

불어오는 바람에
입술은 사막처럼 타 들어가는데
무거운 생각들을 떨쳐 보내시는데 바쁘셨지.

검게 그을린 아버지 얼굴에
"정인(情人)"이라고 편지를 띄우지만
힘들게 대문을 두들기는 아버지의 답장은
손닿기 어려운 저편에 걸어 노셨지.

풍속화

발에 먹을 적시고
여백에 마음의 질주를 그린다

너의 뼈와 흙을 믹서에 갈아
녹색 빛 세상에
흰 눈처럼 던져 그림을 그린다

산이 검고
강이 붉으니
내 몸에 호흡이 흐려진다

자! 이제
팔을 뻗어 솔잎을 따
얼굴에 뿌려보자

둥지 잃은 사람들아.

고목(古木)

지느러미가 없는 물고기는 헤엄쳐 가면서
바위에 부딪쳐 살점이 떨어진다

그 몸으로 어딜 가야 하나

소리 내어 울어대
청산에 이르려니
벌써 퇴비가 되었다.

약속

내가 내가 내가
너를 너를 너를
고이 묻어줄게.

매일 화원처럼 꾸며주고

잠이 오면
햇살을 이불 삼고
나뭇가지를 베개 삼아
네 옆에서 잘게

네가 네가 네가
나의 무덤가을 만들기 전에
너의 개 한 마리와
그 자리를 지킬게

눈 방울꽃 피우지 말고 편히 있어 줘.

여름

파리도
모기도
여기는 죽일 놈의 모기세상이다

지금은 똥파리 잡수시는 음식준비 하는 축제계절이다

내 맑은 피를 빨아먹었다.

난(蘭)

빗물같이 떠가는 난은
하늘을 만나려 뻗었느냐

나를 위해
달의 푸름을 뿜어내랴

찌든 궁의 난은
풍차 없는데 피어서
사람이 있는 컵의 난이 되려고 하는가.

바깥

유령 같은 바람은 세차고
비가 서서 잠자고
은행잎은 매달려 내 어깨에 앉기를 외치고
샛강이 넘쳐 돌 위에 누워 있다

앵두도 붉게 터져 가고
나는 종일 무엇을 했나
밥상머리에 앉아 눈만 돌리고 있고
우리 엄마는 홍고추 배만 가르고 있네

어서 바깥풍경을 보자.

정원(庭園)

벗꽃나무
장미
채송화
프리지아
사철나무
용담
붓꽃
구절초
국화
내 장독대 길 가장자리에
무지개가 펴다.

가을

늦여름에 나팔꽃을 꺾던 이른 저녁

합장

일렁이는 물결 온통인 호숫가에서
인양하려고 춤추는 마음까지
모아 합장할 때
옆에서 처량하게 흔드는 풍경은 내 마음도 모르는구나

타는 가을 뒤로
황혼이 드리울 때
숨어드는 고행들이 서려있는

그 곳에
내가 있었다고 말할지어다.

여행(旅行)

바람에
초침에 몸을 싣고

병든 영혼을
맑은 물같이
치유하러 가는 길.

앵무새가 집으로 가는 길

나는 집으로 가는 길을 안다.
나는 집으로 가는 길을 안다.

좁은 논두렁길을 비틀 비틀거리며
왼쪽으로 55번
오른쪽으로 105번
콩콩콩 뛰어간다

하늘 한번, 벼이삭 한번,
목운동하다
황소에게 윙크 한번 살짝 하면서
나는 집으로 가는 길을 안다고
소리친다

나는 집으로 가는 길을 안다.
나는 집으로 가는 길을 안다는 앵무새는
밭길에 주저앉아 머리엔 들꽃을 이고
꾸벅꾸벅 존다
참새가 여러 번 흔들어 보아도
일어나지 않는다

황소야
참새야
앵무새가 집으로 가는 길을 알까?

작게 낮게 느리게

솜사탕 안에서
참새는 노래하는 동안
몸을 말아 본다
아주 작 게.

참새보다 날아 본다
오리처럼 앉아 본다
저 슬픈 사람처럼 누워 본다
아주 낮 게.

우물에 달무리가 가는 것을 본다
고운 꼽추의 겸손함을 모아 본다
책 한 장의 낮잠걸음처럼 걸어 본다
짧은 시를 써 본다
아주 느 리 게.

어떤 도형의 여행

향기가 묻어나는
기차역에서 잠시 머물러
아주 작은 동그라미의 그리운
아주 큰 네모의 행복을 통해
희망찬 미소와 기쁨을 맛 볼 수 있어

향수가 묻어나는
당신의 상가를 바라보며
알맞은 세모의 미소로 가꾸던 정원
거대한 다이아몬드의 함께 했던 사랑의 말들을 통해
마음에 피어나는 꽃과 베풀 수 있는 사랑을 느껴 기뻤어

당신의 사랑과 향기가 묻어나는
카페에 앉아서
우주보다 큰 타원의 증오,
점보다 작은 원뿔의 마음의 더러움을 통해
네 모습을 보며 먼 훗날에 깨끗한 회상이 되어
잊을 수 없는 여행을 한 내가 좋았어.

저녁

무지개 같던 노을이 내 손에 묻혔다.
언덕 넘어서 경운기에 오른 부모님이 보일 듯 말 듯
한다.
산나물로 밥을 짓고 풍경은 창 중턱에 걸어 놓았다
근심을 고구마와 함께 씹어 삼켜야 했고
나도 수박씨에 담아 한 없이 뱉었더니
저녁노을이 내 손안에서 조금씩 지워져 간다

이렇게 하루를 스치며
별을 헤아린다.

잃어버린 것

"너 또, 네 머리 잃어버릴라"
엄마가 내게 말씀하셨어.
고정되어 있지도 않은데
오늘도 그럭저럭 지나갔어
내가 사촌과 놀고 있을 때
그때, 머리는 잔뜩 불만에 차서
갑자기 굴러가 버렸어

지금 어떻게 머리 없이 갈 수 있겠어?
눈이 없으니 볼 수도 없고
입이 없으니 말할 수도 없고
귀가 없으니 들을 수도 없어
"제기랄! 머릿속에 내 오성이 다 들어 있으니"
그래서 이렇게 멍하니 돌 위에 앉아 있는 거였어
한번, 찾아 나서야 할 텐데.

강의 오후

내 짙은 색조와 그리움으로
가슴에 물들고 있다

거친 숨이 허덕이던
숭어새끼를 위하여
살아 앉아 변장을 하는 듯
바쁘게 춤을 추는구나.

그림자

흰 찰흙의 가루가 날려지는
책상 위에서 그림자를 찾았습니다

내 옆자리에 눕기를 기다립니다

서로가 길들여지기를 바라면서.

잊어버려도 남을 것은 남는다

우리는 성숙해 가는 동안에 있는 것
비를 맞고 떨어지는 낙엽도 제 뿌리에 남지 않았다.
생명이 결코, 순간에 머무르지 않듯
사랑 또 저 먼 길 위에서 자라는 것이
순조로움의 시계처럼 이루어지리니
다시는 삶의 조각이 아니라면 아픔도 남지 않는다.

霧(안개)

아무 것도 아닌 것에 대한
미소를 지었던 나는
아무 것도 얻지 못하는 것에
행복감을 느끼는 나는
세상에서 해고를 당했다

꽃이 시들어 죽은 시체냄새가
진동하는 곳마저도 따돌림을 받았다

안개가 자욱한 눈에도 나는 없다
익숙한 듯 슬프지 않았다.

방구차

기어 다니는 소리야
연기처럼 매운 소리야
우렁차게 질러라
우리 동생
네 소리 들으며
진 빠지도록 뛰고 난리 피우며 놀게
우렁차게 더 질러 보아라.
소리야!!

사진

눈에 보이지 않는 모든 것들이
풍경이 되어 버린 시간이 있었다

평소에 무의식적으로 눈여겨보는 것들도
이처럼 의미가 떨어져 가는 때가 있다.

자작나무 뿌리에게

나무가 저물 무렵, 뿌리에게
바다의 붉은 돌들과
아무도 슬프지 않도록
약술을 부어 삼키는 시간이 되게
사람들에게 전해주지 않겠니

생이 멸시를 당해도
다시, 들판에 서서
열매가 익을 때를 위해 햇살의
익살스런 농담을 들어 줄 나무를
찾아 주지 않겠니

또
무엇을…

겨울

그림 그리는 시인의 밤

어느 인도(人道)에서

바람 소리가 기계 소음소리처럼
빼곡한 가로수에서 울려 날렸던
오후 6시,
눈이 바람에 밀려 떨어진다

똑똑 떨어지는 눈보라를 맞으며
스치는 어깨사이의 사람들은
가로수의 힘줄처럼 선명도가 말라 가고
창 사이에 갇힌 사람들은 무표정으로 울어댄다

해질녘
환해지는 거리풍경

작은 믿음

네모난 탁자에
유리컵들이 서서 키 재기를 하다가
파리똥풀으로 담근 술이 채워졌다
이내 목구멍 미끄럼을 탄다. 아주 뜨겁게

붉어진 얼굴에 백지를 만들어
또 다른 나를 그린다

그렸다.
자꾸 그렸다.
잊혀 지기 전에 그려 댔다
더 이상 그려지기 않았다

거울 속에 나는 놀랬다

딱딱한 침상에서 희미하게 시들어 가는
네 담배연기가 와르르 무너지듯 무너지는
나를 보고 놀랬다

눈 내리는 날에 나를 또 보았다.

반란

. . . .

이렇게
이렇게
힘 든 내 다리도
눈발에 사뿐한 걸음으로
글씨를 쓰며 가요

그렇게
그렇게
환한 미소를 비치면서
사랑의 인내심을 소유하려는
당신은 나를 멀어져 가요

저렇게
저렇게
내 자유를 위해
끈 밖으로 밀어 봐요.
그리고 날 마음에서 지워요.

핫도그

먹으면 먹을수록 짭짜름한 소시지와
쫄깃쫄깃한 반죽과 절묘한 만남으로
반죽의 사랑을 받은 소시지는
결혼식장에 뜨거운 식용유가 나타나
납치해 가버렸지
뜨거운 식용유 속에
반죽은 소시지를 감싸 희생하고 말았어
눈물 없이 못 먹는 핫도그가 탄생 한 거야.

대화

살
았
다.
나는 살았다.
너는 내 무릎에 앉아 죽었다.
술의 한 모금과 찬미의 질투로
너는 내 옆에서 죽었다.
참참이 바라본 나는 더러운 오기로 살았다.

죽
었
다.
나는 죽었다.
너는 내 앞에서 슬픈 미소를 지며 살았다.
뜨거운 생명 따위에 너는 고목처럼 죽었다.
떠도는 영혼으로 찾아온 너는
허수아비 같은 내 몸으로 살았다.
살았다!
죽었다!
찰나, 소주 한잔의 여유로움 같은 차이를 차이 나게

전화

전화기가 울릴 때마다
어머니는 노래하며 우셨다
가만히 지켜보는 나는
공포만 남아 있었다

전화기가 끊어질 때마다
어머니는 씁쓸한 웃음을 지셨다
풍요로운 굶주림 속에서
가족들은 부비며
겨울을 맞이한다.

쪽잠

그녀를 그리다가 싸늘하게 내 심장이 섰다
악 소리도 나오지 않을 만큼
숨이 막혔어!

입을 틀어막고 앉아 있는 듯
서서히 박동이 느려지고 있다

아무도 없는 가게에서 이렇게 잠들어 버리면
뒤에서 그녀가 웃을 것 같아
조금이라도
더
그렇게 있어줘.

정지 상태

1초마다
1분마다 정지 상태였던 눈과 오른손과
물 위에 떠있기를 무서워하는 비균형적인 몸과
아직 정지된 것에 기뻐했던 너에게 사과 하나 건네고
가슴에 송곳을 찌르듯 한 아픔에 더운물로 위로 받고
돌아온다

0.5초마다
30초마다 정지가 풀린 상태였던 입과 왼손과
나가고 싶어 안달해 엉킨 위장(胃腸)들 비해
두려움으로 숨어들려는 나에게
또, 다른 우울증이 서서히 온다

0.25초마다
15초마다 정지되는 일상의 나무처럼 늘 푸른 어머니의
자장가와
아버지의 경운기소리와 메아리가 들리는 추운 집.
아직 오지 않을 이의 희망을 기다리는 그녀에게 금잔
화 한 송이 끼어주고
마르지 않는 우물가에 앉아 봄바람이 일렁거리는 콧노

래 부르다 온다.

나체모델-여자

1.
내음의 향기 속
알 수 없는 생명력을 해부하면
아무 것도 없어도 매혹적인 내 젖가슴을 내 보이며

2.
미풍에 보이지 않는 손가락들이
수줍음을 가려 주는 깃털에
모두 닳아 버리고 남은 것은 검은 젖꼭지
당신의 얼굴에 대며 비비고 싶은 심장의 말과
석양의 외출에 따라 나서기 바쁜 나에 대한 모든 것이
당신에게 들을 리가 없지.

3.
멀리서
자신이 연출한 뮤지컬 속에
노래하며 관념 따위를 벗어
회오리에 춤추며 쓰러질 때
가슴과 머리를 휘둘려 새로운 나를 낳았지.

서다

나는 날아도
오염된 땅을 밟고 있으니
어디로 가라고 하는지
머리를 쥐어 잡고 돌아보아도 모르겠소

거기 누구 없소?
내가 가야 할 곳을 알려 주어야 하지 않겠소.

서른 즈음

그의 진솔한 삶 속에서 죽고 싶었다

내가 자리 잡고 누울 즈음
그도 어디에도 없었음 했다

지금 편식되어 가는 삶을 제치고
지독한 삶을 택했으니
얼마나 씁쓸했단 말인가
탄식만이 알고 있었다.

발음교정

가나다라마바사아자차카파하
아야어여오요우유으이
똑 박 똑 박
천천히
웃지 말고
입 모양은 재대로
20년 동안 머리에 꾹 못 박아 놓고서
갖은 구박을 다 받아도
항상 잊어버린 채 2살짜리 아이처럼 웃고

또, 다시
가나다라마……
아야어여오……
발음해 보지만
몇 단어 빼고는
모두 다 엉클어진 발음 뿐
울고 울었다.
자존심이 상해서
체면 때문에 창피해서인가
이유도 아닌 이유로 나는 운다.

그래도 다시!!
다.... 시
똑 박 똑 박
천천히
웃지 말고
입 모양은 제대로 하면서
가나다라마바사아자차카파하.
아야어여오요우유으이..

비를 맞는 오후의 의문들

타고 남은 연탄이 수북한 길에 개미 왕자비의 납치사
건으로
어수선하다는 것을 알고 있을까
새들이 떠나간 우거진 숲은 적막하다 외치는
날개 없는 새의 짝이 되어 날아가는 실험도 하는 것을
알까
그대 뒷모습에 그림자들이 줄을 매달아 놓고
냇가로 가 고등어를 구워 먹으며 따라 간다는 사실을
알고 있을까
책상머리에 놓인 선인장에도 사람이 살고 있었다는 것
을 알고 있을까
멀리 가는 연어의 비린 향기가 꼬마의 코를 괴롭힌다
는 것을 알고 있을까
지난날의 꿈들이 나를 밀어내 떨어트린 까닭은 알고
있을까

나는 궁상을 밥맛이 떨어지도록 떨어도 모른다
알면서도 바보 같은 대답만 해 대며 우유를 먹고 있는
너를 아궁이에 넣어 볼까 하는 내 생각도 알고 있을까.

소녀의 소나기

냇가에서 벌거벗는 소녀야
뽀얀 두 가슴과 윗배에
흥분되는 푸름이 피어난다

소쿠리를 산허리에 두른 소녀야
개 발자국 소리에 넘어진 소년에게
찔레꽃을 꺾어 주고 달아난다

생명을 부는 소녀야
이마에 이름을 새기듯
버들 나무 가지로 면사포를 씌웠다
감꽃으로 목걸이를 꿰매며 토끼풀꽃으로 반지를
곳곳에 풀물로 물든 원피스에 부케를 들렸다
하객은 지나가는 모든 나무들로 마치고 가는
마차에 미소를 묶어 난다.

내 절룩뱅이 걸음

버스정류장부터 집까지 곧은 선을 긋고
푸른 선을 따라 움직이는 허수아비인형이 되어
잘 걷고 있는지 돌아봤다.
아버지가 막내를 업고 자장가를 부르시며
오신 길은 실처럼 곧은데
내 걸음은 언제 곧게 될까?

프로이드 요리법

녹색 때 수건으로 너의 모든 표피를 벗기고

소금과 후추에 재워 달걀을 풀어 논 그릇에 넣었다 꺼
낸다

명주 행주에 카스텔라를 싸 부시어 도톰하게 묻힌 다음

200도 넘는 올리브유에 튀겨 검게 덴 손을 무시한 채
종이 깔린 쟁반 위에

겨자에 설탕과 식초를 듬뿍 넣은 오르가즘의 소스 엎
으며 삼킨다.

마네킹

소름이
돋았다

솜털이
차렷 자세로 오줌을 누고 서 있다

발가락이
이마에 닿도록
등 뒤로 서로의 손가락이
달 찰나의 순간까지 움츠린다

입술이
굳은 풍경이 되어 종알거린다.

부활

제법 더렵혀진 눈으로 손가락을
폈다
졌다 하는 놀이처럼 밖을 보았다

점점 가늘다 못해 희미해진 목소리을 가다듬고
네게 다 속삭이지 못한 말을 남긴 채
낡은 닭 공장으로 보냈다.

첫 짝꿍

내 몸부림에 그 놈은
헛간에 몇 일째 숨었다.
언제 나오려나
맨발로 서서 기다려도
나오지 않고

혼자 과자를 먹었던 쾌씸한 놈!
어떻게 혼자 먹을 수 있나
내 마음을 아리게 했던 놈!

별사탕으로 때려 주고 싶었다.

위로

검게 그을린 이슬을 맞고 서서
잠들었던 전율에
위로 받다.

천장에 매단 명주 끈으로 다른
주름살 그어주기 위해 끊어져 버렸다고
통곡하는 너를 구박하는 어머니 보며
위로하다.

저녁에 피는 꽃

색연필이 없다면
난
검지를 펴
굵은 모래 위에 집을 짓다보니
습관처럼 잠이 들고

내 손가락의 신경이 죽는다면
난
갈라진 입술로
저녁 꽃들에게 물을 줄 생각에 일탈도 꿈꾸고

네가 나에게 떠나 버린다면
난
쇼윈도에다 그림을 그릴 생각하도록
펌프질 해줄 선인장을 준비할거야

어떤 날 네가 되돌아온다면
난
기다림에 묶어
누울 수 있는 기대감을 만들고

거울을 봐야 하는 저녁 꽃으로 태어나
눈감고 싶어.

구구(ㅁㅁ) 경기장

입에서 축구 하다 터진
토마토가 물컹물컹 해지니
재미가 없어졌다.
달콤 쌉싸름한 씨앗에
눈을 내려 감는다.

사방 뛰기

굴러다니는 나뭇가지 하나 주어
곱게 선을 긋고 성을 쌓아 놓고 튼튼한지
돌도 던져 보았다.

두 발,
한 발,
두 발,
한 발,
두 발로 뛰며 돌아 잘 서 있는지 본다.

다시
한 발,
두 발,
한 발,
성에서 내려오는 계단을 만들고

사방에 유채 꽃 심으며 너와 박수를 친다.

슬픔을 승화시키는 폭넓은 시적 세계

서창원(시인)

　나팔꽃(지은이의 인터넷 대명)은 언어 구사 능력이 다른 사람들에 비하여 매우 부자유스럽다. 그럼에도 그녀는 도전적으로 언어를 시도한다. 처음에는 잘 알 수 없지만 그녀가 표현코자 한 말들은 감전되어 오듯이 이해된다. 그녀의 시 세계는 바로 그녀의 복음과 소망을 담은 가훈과 같은 것이다. 그녀가 쓴 시들은 그녀에서 믿음 같은 것이다.

　시는 마음을 담아내는 언어적 기호로 된 회화이다. 나팔꽃은 시를 쓰지만 자신의 시를 언어로서 재현하는 데는 한계를 가진다. 그녀는 그것을 늘 아픔이며 어두움이라 보고 있다.

　사람들은 말로서 의사를 소통한다. 그리고 말을 하기 위해서 생각한다. 그 생각을 절제된 언어로 다른 사람에게 전한다. 이것이 대화이다. 만약에 그러한 기능이 잘 안 된다면 얼마나 불행한 것인가.

　그녀의 간결한 시는 그녀의 도전적 태도와 일상의 습관에서 빚어낸다. 그녀의 시적 표현은 거두절미하여 알맹이만 들어내는 담백한 맛을 준다. 시어의 선택은 그녀의 제한적 슬픔의 마디와 같이 얽혀있다. 그러나 그녀는 시를 단축시키는 재능을 가지고 있다. 또한 시어에 은닉되어 있는 애잔을 출렁이게 하는 교감신경이 있는 것처럼 그녀의 시는 마치 건드리면 터지는 지뢰와 같은 폭발력을 가지고 있다.

　나는 작년 어느 망년회의 모임에서 나팔꽃을 처음 보았다. 그리고 내 옆에서 시 낭송하는 광경을 보고 있었다. 그녀는 열심히 자작시를 쓰고 있었다. 아마 시를 낭송하려나보다 생각했다. 그녀는 자기도 시 낭송을 하고 싶다고 하였다. 그런데 그녀가 읽고 있는 시는 제대로 읽

히는 것이 아니라 음정만 전달되는 것이다. 나는 놀랐다. 그럼에도 그녀는 한 자 씩 힘주어서 자작시를 또박또박 낭송했다. 그러나 전달해오는 언어적 정확성은 거의 상실한 오류의 탁음이었다. 나는 그녀가 언어장애인 것을 그때 처음 알았다.

나팔꽃의 그러한 행동은 좌중을 숙연하게 하였다. 그녀의 시 낭송은 나를 슬프게 고문했다. 나팔꽃은 서툴지만 마음속에 뭉쳐진 언어를 풀어내려고 무던히도 애를 썼다. 그러나 잘 풀리지 않았다. 말을 모방하는 입놀림이었을 뿐이었다. 그런데 어찌 된 일인지 그녀가 시를 읽고 난 후 그 언어적 시늉이 반사되어 한 줄씩 완전한 시적 감동으로 다가왔다.

새로운 네모난 탁자에 / 유리컵들이 서서 키 재기를 하다가 / 파리똥 풀로 담근 술이 채워지자 / 도톰한 입술과 입맞춤하고 / 뜨거운 목구멍으로 미끄럼을 탄다 / 붉어진 얼굴에 백지를 갖다대고 / 검은 잉크로 또 다른 나를 그린다 // 거울 속에 나는 놀랐다 / 강하게 피었다가 / 너의 담배연기에 나팔꽃처럼 / 희미하게 시들어지는 / 눈 내리는 날에 나를 보았다 / 나는 놀랐다 / —〈작은 믿음〉 전문

이 시는 나팔꽃이 자작하여 즉석에서 낭송한 작품이다. 작품에서 풍기는 시의 세계는 전라도 어느 시골에서 가져 온 파리똥 풀로 담근 술을 축배로 드는 순간 술잔에 뜬 자신의 얼굴에서 발견한 현상의 내면세계를 표현해 낸 것이다. 알코올에 희석되는 자신의 그림자를 술잔에서 발견한다. 술잔에 뜬 그녀의 얼굴, 곧 자신의 나팔꽃임을 발견한다. 나팔꽃은 아침의 희망이다. 늘 밖을 열망하여 피어난다. 담 위에서 밖을 내다보며 그 소망이 이루어지기를 바란다. 이렇게 자신을 시적인 영감의 세계로 진입시킨다. 그리고 알코올에 끌려들어 간 자신은 다른 내면의 모순 같은 것으로 변해 있음을 발견한다. 그녀는 알코올에 녹아 들어간다. 취하면서 그리고 또 다른 자신을 발견한다.

나는 그녀가 불완전한 언어로 낭송한 위의 시를 잊을 수 없다. 그리고 이 시는 그녀의 등단시가 되기도 한 것이다. 그녀는 이처럼 시의 세계는 자신과의 부단한 싸움에서 출발하고 있다.

그녀의 시중에서 「발음교정」이라는 시를 보면 자신은 언제나 2살짜리 아이처럼 순진무구함의 언어적 세계에 머문 자신을 회화적으로 그려내고 있다.

> 가나다라마바사아자차카파하 / 아야어여오요우유으이 / 똑 박 똑 박 / 천천히 / 웃지 말고 / 입 모양은 재대로 / 20년 동안 머리에 꾹 못 박아 놓고서 / 갖은 구박을 다 받아도 / 항상 잊어버린 채 2살짜리 아이처럼 웃고 / …… ─〈발음교정〉일부

나팔꽃의 시 세계는 동화적 세계를 명료하게 보여준다. 아직 때가 묻지 않은 시의 원액을 마시는 것처럼 맛깔스럽다. 그러나 그녀의 시는 성숙된 자기탐구를 위해 무던히도 애를 쓰고 있다. 그녀는 우주공간에 항성을 띄우듯이 시의 세계를 열려고 노력하고 있다.

「바깥 풍경」이란 시를 보면

> 어서 바깥풍경을 보자 / 유령 같은 바람만 불고 / 비가 서서 잠자고 있고 / 은행잎은 매달려 내 어깨에 앉기를 외치고 있고 / 샛강이 넘쳐 돌 위에 누워 있고 / 앵두도 붉게 터져 가고 있고 / 나는 종일 종일 무엇을 했나 / 밥상머리에 앉아 눈만 돌리고 있고 / 우리 엄마는 홍 고추 배만 가르고 있네 /

〈비가 서서 잠자고 있다〉라든가 〈샛강이 넘쳐 돌 위에 누워 있고〉라는 표현은 가히 그녀의 시적 성숙을 보인 메시지이다. 그만큼 그녀의 시적 모태는 무생물을 생명체로 바꾸는 시적 영감과 능력을 가지고 있다.
「천애(天愛)」에서 보면 하늘에 대한 동경과 사랑을 느낀다.

> 달도 별도 웃는 / 저 물방울 속에 / 큰 아이가 산다고 / 내게 말했지. / 꿈을 위해 달아오르듯 / 물방울사이로 튀어 올라오라고, / 그리고 저 언덕모퉁이에 앉은 /신이 난 내 새는 간다고 춤만 추고, /나는 달맞이꽃을 달고, 서성거리지. / 나는 울고, /새는 웃는 날은 늘 /오늘이었지.

그리고 곧 하늘은 절망이며 이르지 못하는 곳으로 본다. 하늘에 이

르기 위해서는 날개를 가지기를 소망한다. 나와 맞서 있는 나와 새와의 사이에서 새는 날개가 있어도 울고, 나는 날개가 없어서 오르지 못하니 운다. 오늘의 현실은 이르지 못하는 것의 부자유다. 현실은 이처럼 양면의 날을 가진다. 그녀는 하늘을 그리워하고 사랑한다. 나는 오늘에 있을 뿐이라고 현실을 받아드린다. 자신 안에 모든 것이 있음을 발견한다.

그녀의 또 다른 시 「서른즈음에…」에서 보면 절망의 무덤 같은 전율을 느끼게 한다.

/ 그는 진솔한 삶 속에서 죽었다. / 내가 자리 잡고 누울 즈음에 / 그는 어디에도 없었다. / 지금 편식되어 가는 삶을 제치고, / 지독한 죽음을 택했으니 / 얼마나 씁쓸했단 말인가 / 나는 알고 있었다./

이와 같이 서른이라는 나이는 인생의 반이다. 노년기를 뺀 서른은 인생의 반이다. 그래서 우리는 60을 정년으로 하는 사회적 제도로 나이를 재는 것이다. 이 서른 나이는 인생의 왕성한 정점에서 꺾기는 전환점이다. 이미 이 고비를 넘긴 나이는 편식되어 가는 삶이라고 그녀는 결론을 내린다. 그리고 아름답던 시절을 보낸 꿈같은 시간들이 묻혀 버린 무덤으로 그녀는 생각한다. 서른이란 무덤은 인생에 있어서 처절한 죽음이라 했다. 왜 그랬을까. 이는 그녀의 영혼에 매장한 서른의 육신을 쓸쓸하게 속삭이고 있는 지도 모른다.

또 다른 시 「바램」에서 보면 생명의 경외감을 감지한다. 수평선에 내리는 비의 우수적 슬픔 속에서도 인간은 즉 인생의 전반을 통해서 오는 비 같은 슬픔과 고통은 곧 순수의 손인 어머니가 있어서 극복이 가능하다.

담배연기와 배신이 서려 있는 / 저 토지의 수평선에 / 내리는 빗방울은 / 순수함에 멍든 어머니의 단 손길 / 새야, 깃털로 내 태아가 / 안정감을 느낀다는데, / 네 한 목숨 / 사랑이 있는 한 / 무엇이 두려우냐.

그리고 그 슬픔에서 탈출할 수 있다. 사랑이라는 깃털 같은 감지의 속성에 인간은 슬픔을 노래한다. 오로지 사랑이 있음에 어떤 두려움과 아픔도 치유할 수 있고 걷어 낼 수 있다는 것이다. 자신으로부터의 일탈이다. 사랑은 자신에 묻혀 있는 배아의 목숨과 같다. 그녀는 사랑으로 모든 두려움을 걷어 낸다. 사랑은 두려움을 치유하는 약인 것이다.

「나의 장례식」에서는 영혼을 마음대로 주무른다. 신기에 가까운 운명을 마음대로 통제하는 것이다. 인간에 있어서 죽음이란 무엇인가. 일반적으로 그녀는 죽음과 같은 것도 잠시 쉬는 안식이라 규정한다. 그녀는 심장이 멈추어도 살아 있다는 것을 은연중에 암시한다. 오동나무로 집을 짓고 진흙구덩이를 파서 그것을 온돌이라 하여 그 거주지인 땅속을 회랑의 일부로 생각하며 거기서 휴식을 취한다 하였다. 맑은 날에 우는 새를 향해서 손을 뻗어 흔든다 하였다. 일반적으로 온돌은 한국적인 삶의 주거양식이다. 흙과 친밀성을 가지는 우리 민족은 흙에 돌아가는 것을 매우 영광스럽게 생각한다. 그리고 사자에 대한 숭배사상은 극단적으로 발달하였다. 우리의 묘지문화는 그런 사자에 대한 친효사상이 기초가 되어 만들어 낸 민속문화라 할 수 있다. 그녀는 토속적 문화에 안주하고 싶은 지도 모른다. 먼 훗날에 새가 우는 산등성이 햇볕이 잘 드는 그곳을 잠시 휴식을 취하는 곳으로 택할는지도 모른다. 일탈의 자기 자신을 들여다보고 있다.

하얀 시트를 펼쳤다. / 그 위에 가만히 누워 감았다. / 그러나. / 이미 내 심장은 멈춰 굳어 가고 있었다. / 나뭇잎사귀에 주먹밥 세 개 싸매고, / 엽전 셋 냥을 손에 힘주어 쥐고, / 오동나무의 배를 갈라 집을 짓고, / 산만하게 집에 들어가 길을 떠났다. // 비포장 길을 십 리를 가고, / 천 리를 간다. / 이렇게 맑은 날에 / 우는 새들에게 손을 뻗어 흔들어 보았다. / 그리고, 온돌이 가득 깔린 / 흙덩어리 파서 덮고, / 잠시 휴식을 취한다. /

「미술관」이라는 시에서는 사뭇 노을로 이 세상을 마음대로 그리기도 하며 지우기도 한다.

/ 산과 강 사이 있습니다. / 그 거울 속에서 너는 / 노을로 세상을 지워가고, / 다시 시계를 그리며, / 과거를 지렁이처럼 꿈틀꿈틀 / 회상했

습니다. /

강은 늘 노을에 물들어 간다. 마치 추상화 한 폭 같은 자연의 연속, 무상은 변화 속에 반복을 통해서 다시 태어난다. 재생하기 위해서 만물은 본질적으로 소멸한다. 환생과 같은 것이다. 만물은 그렇게 변화하면서도 영원을 향해 간다. 어느 미술관에서 감상하는 동양화 한 폭이다. 자연이 연출하는 미적 본질은 그것이 비극도 희극도 아닌 쉼 없이 움직이고 있는 시간적 소모에 불과하다. 시간은 우리에게 회상을 가능케 한다. 시간은 존재의 이유이다. 시간은 생명의 척도이다. 살아 있음은 시간의 감지가 가능할 때 이루어진다.

/나는 낡은 틀을 파도로 무너뜨려 / 매화꽃과 물로 비지고, /화음으로 말렸습니다 / 아슬 / 아슬하게 / 얼굴을 맞대고, / 거울 속 세상을 보니 / 새콤한 딸기를 먹는 듯한 느낌 / 순수했습니다. /

그녀는 과감하게 낡은 틀에서 깨어나고 싶어 한다. 일상의 일이나 생활에서 어떤 깨우침의 다른 피안을 향해서 가고자 한다. 거울처럼 들여다보는 강물 속에서 그녀는 일상의 것을 순수로 환원시킨다. 그림을 그려내듯이 그래서 강에 녹아든 노을에 그녀는 마음의 붓으로 그림을 그리고 싶었다. 영혼을 그려내는 그 판타지의 작품을 연상한다.

「저녁」이라는 시에서는 한 폭의 판화를 본다. 잘 어울리는 농촌의 한 단면을 묘사해낸 듯이 그녀의 손에 묻은 노을은 산나물을 버무리는 양념이며, 수박을 먹으며 한없이 씨를 뱉어내는 단점의 퇴락은 삶의 어떤 미련 같은 것을 잘 표현해주고 있다. 그녀는 생활의 깊은 속까지 들어가서 시심을 울어내고 있다. 과연 시 맛을 버무려 내는 그녀의 마음은 손끝으로 나물을 버무리듯이 시를 마음의 고운 양념으로 버무려 내는 것이다.

/ 무지개 저녁노을 내 손에 묻혔다. / 언덕 넘어서 경운기에 오른 부모님이 보일 듯 한다. / 산나물로 밥을 짓고, 노을은 창 중턱에 걸어 놓았다. / 농사일의 근심으로 고구마, 옥수수와 씹어 삼켰다./ 나도 수박씨

에 단점을 담아 한 없이 뱉었다. / 저녁노을은 내 손안에서 조금씩 지워져 간다. / 모기향 피우고, 마루에 누워보지만, / 모기, 나방들의 나들이로 설 잠잔다. / 이렇게 또, 하루를 스치며, 별을 헤아린다. /

한편 「구상」이란 시에서 표현하고 있는 '/나는 연어를 성경에 구어 / 돌들에게 던져 주었다./'

성경에 연어를 군다는 것은 매우 깊은 믿음을 의미한다. 믿음을 연어에 비유해서 성경 말씀으로 믿음을 구워낸다. 그것을 돌처럼 닫혀 있는 사람들의 맹한 무지에 그 연어구이인 믿음을 먹이고 싶은 것이다. 그렇게 그녀는 바라고 있다. 이 세상을 깊고 넓은 말씀의 원어로 믿음을 열고 싶은 것이다. 얼마나 멋진 표현인가 가히 시적 극치를 보인다.

「산(山)목련」에서는 그녀가 목련이 되고 싶은 소망을 담고 있다. 속세의 뒤뜰에서 새소리 바람소리를 들으며 안주하고 싶은 것이다. 현실로부터의 평화로운 세계를 동경한다. 시에서는 얼마든지 희망을 바랄 수 있다. 그리고 그녀는 무엇인가 평화를 갈망한다. 뿌리를 내리는 산 속의 산목련처럼 그대 가까이 다가가고 싶은 것이다. 사랑의 뿌리를 내릴 그 소원의 깊은 산 같은 것이 무엇일까 그녀는 그 안주가 필요하다.

/ 동토에 뿌리내려 겨울을 지내고, / 봄을 기다려 잎사귀 옷도 걸치지 않고, / 맨몸으로 달려나와 봄의 임을 맞이하는 / 난 목련꽃이고 싶다. / 우아한 색깔과 자태를 봄의 작은 편지로 /속세의 뒤뜰과 거리에서 임무를 마치고, / 산중턱 곳곳의 산 목련으로 피어라. / 누군가에게 소요하는 시간을 멈추게 하고, /그대 온 몸 깊이 내려앉는 산 목련이고 싶다. / 새소리 바람소리 벗으로 하며, / 시들지 않을 때까지 소리 없이 꽃을 피울 순간 / 난 그대 가까이 서 있는 꽃 등이 되고 싶다. /

「정원」에서보면 모든 꽃나무가 희망의 사다리같이 무지개로 솟아난다.

/ 벚꽃나무 / 장미 / 채송화/ 후리지아 / 사철나무 / 용담 / 붓꽃 / 구절초 / 국화 / 내 장독대 길 가장자리에 / 무지개가 펴다.

이 시는 그녀의 승천무이다. 꿈을 꾸는 것처럼 울안에서 늘 무지개가 솟아난다. 무지개를 타고 자신의 울타리 안에서 언제나 끝없이 솟아오른다.

「잊어버려도 남을 것은 남는다」에서는 〈삶의 조각이 아니라면 아픔도 남지 않는다〉 그녀는 자신은 비파(琵琶)처럼 퉁기면 소리 내는 악기가 아니라 악기를 담고 있는 통인 것이다. 슬픔이란 내 안에 담겨있는 악기처럼 언제나 필요할 때 울리는 도구일 뿐이다. 슬픔도 필요한 삶의 요소이다.

/내게도 잊어버려도 남을 것들은 남는다. /우리는 성숙해 가는 동안에 있는 것 /비를 맞고, 떨어지는 낙엽도 제 뿌리에 남지 않았다. /생명이 결코, 순간에 머무르지 않듯 /사랑 또, 저 먼길 위에서 자라는 것이 /순조로움의 시계처럼 이루어지리니 /다시는 삶의 조각이 아니라면 아픔도 남지 않는다.

이처럼 나팔꽃은 새로운 시적 세계를 향해 잠입하고 있다. 아직은 낯설지만 친숙하려고 노력하고 있다. 그녀의 시의 세계는 강물 속 깊이 하늘처럼 펼쳐있다. 그리고 그 강물 속에서 유영하는 물고기, 구름, 수초, 모래무지, 피라미 같은 것을 건져 올리고 싶은 것이다.

그녀는 추상의 세계와 미완 세계를 공유하며 자기를 완성하려고 애를 쓰고 있다. 시적 영감을 통해서 자신을 확대 재생산하고 있다.

이런 점에서 나팔꽃의 시는 자기 속의 깊은 애련에 머물러 있지만 폭넓은 시적 세계를 가진다. 그녀가 추구하는 희망과 소망의 세계는 늘 큰 것이 아니라 자기 자신이라는 작은 곳이다. 그녀는 불완전한 자기로부터 일탈해 가는 세계로 비상을 위해 날개 같은 허구적 소원을 바라는 것이 아니라 실제적인 슬픔의 날개로 밝고 아름다운 세계를 향해 날아가고 싶은 것이다.

chy301 〈대화〉〈전화〉--혹은 〈위험한 소풍〉

살
았
다.
나는 살았다.
너는 내 무릎에 앉아 죽었다.
술의 한 모금과 찬미의 질투로
너는 내 옆에서 죽었다.
참참이 바라본 나는 더러운 오기로 살았다.

죽
었
다.
나는 죽었다.
너는 내 앞에서 슬픈 미소를 지며 살았다.
뜨거운 생명 따위에 너는 고목처럼 죽었다.
떠도는 영혼으로 찾아온 너는
허수아비 같은 내 몸으로 살았다.
살았다!
죽었다!
순간, 소주 한잔의 여유로움 같은 차이.
 ― 〈대화〉 전문

⟨잠시 흔들리는 슬픔⟩

예술과 인간성의 문제는 너무도 이질적인 것이기도 하지만 또한 너무도 가까운 것이다. 초현실주의의 기두에 섰던 장 콕토는 아편 흡입자였고, 피카소는 86살에 자클린느와 사랑을 속삭였다. 이중섭은 평생을 아내와의 멀어진 사랑 속에서 살았고, 천상병은 괴로운 인생 속에서 귀천을 기리면서 살았다.

한 가지만 더 이야기하자. 어떤 사람은 시 하나 하나가 피아노의 한 건반을 찍어 누르는 것처럼 각각의 개성과 별개성을 지니지만, 어떤 사람은 그의 모든 시 속에서 한 가지의 무드가 흐른다. (이것이 결코 진부함을 의미하는 것은 아니다.)

내가 지금 평하고 있는 chy301, 나팔꽃은 인간성과 글이 너무도 닮아 있을 뿐더러, 모든 시들이 하나의 파노라마처럼 흐르고 있다. 하지만, 이 자리에서 일단 나는 그녀의 인간성이 아닌 그녀의 글을 살펴보기로 한다.

다시 얘기하지만, 그녀의 글에서는 일관된 하나의 무드가 흐르고 있다. 악의 없는 순수함, 그러나 그 속에서 일관되게 흐르는 어느 정도의 비극성. 특히나 어머니라는 오브제를 다루는 그녀의 손길은 나에게 어느 정도의 섬뜩함마저 느끼게 한다.

전화기가 울릴 때마다
어머니는 노래하며 우셨다.
가만히 지켜보는 나는
공포만 남아 있었다. - ⟨전화⟩ 중에서
좁은 계단을 나는 엄마와 둘이
손을 잡고 간다
엄마는 왼발 나는 오른발 디디며
구구단에서 알파벳까지 외우기 시작한다

빨간 약초를 따서 엄마의 멍든 가슴에
조용히 놓고 나비 따라 낭떠러지에 간 메아리는
어디 숨었니?
대답도 없다. - ⟨위험한 소풍⟩ 전문

하지만 그 외에도 그녀의 시에는 분명 어디에선가 울부짖는 감성이 있다. 다른 시인처럼 전문을 올리기는 힘들다. 그것은 일관된 정서이니까. 그녀의 시에서 똑같이 찾을 수 있는 바로 그것이기 때문에.

한 가지 더. 그녀는 일단, 관념이라는 것에서 완전하게 자유롭다. 나는 그래서 그녀가 부럽다. 나 같은 사람처럼, A=B, B=C, A=C??? 하는 식의 공식에 매달려 있는 것이 아니라, 그녀는 그녀가 보고 있는 모든 사물, 그녀가 느끼는 모든 사물에 직접적으로 그녀의 감정을 담는다. 그렇기에 그녀의 글에서는 요즘 시인들에게서 결코 느낄 수 없는 가슴 저림, 그리고 그녀만이 가질 수 있는 악의 없는 순수함이 있는 것이다.

나는 정신분석가가 아니다. 하지만 그녀는 분명 사랑에 굶주려 있는 여인이고, 더 중요한 것은 그녀가 자신이 받고 있지 못하는 사랑을 자신의 글에 완전히 쏟아 붓고 있다는 것이다. 그렇기에, 그녀가 사물을 바라보는 태도는 결코 냉소적이지 않다. 그것을 바라보는 그녀의 시선에 슬픔에 애수가 담겨 있을지언정. 비극과 희극은 그녀의 글 안에서 더 이상 경계를 두지 않는다. 그녀의 가슴속에서 존재하는 모든 오브제들, 아버지, 어머니, 전화기, 외출 등……

요컨대, 그녀는 이 세상의 모든 것들을 – 나 같은 사람이 복잡한 관념에 씨름하느라 생각조차 않는 것들을 – 세심하게 잡아내서 그녀의 눈으로 볼 줄 아는 여인이다. 그러나, 본질적으로 잠시잠시 스쳐가는 또는 베이스로 깔려 있는 슬픔은 무시할 수 없는 섬뜩함이요, 가슴 저리는 그 무엇이다. 어떤 사람이 모차르트에 대해서 한 말을 그녀에게 적용시킨다면 지나치다고 할까?

"〈잠시 흔들리는 슬픔〉을 이해하지 못하는 자는 모차르트를 이해할 수 없다."

랄프 왈도 에머슨은 말한다. "당신이 한 사람의 인생이라도 행복하게 했다면 당신은 성공한 인생이다." 그녀는 진정, 자신의 시를 읽는 사람을 기쁘게 해줄 수 있는 사람이다. 그녀의 시에서 냄새나는 휴머니즘이 풍겨 나오는 것이 아닌, 그 무엇을 위해서 영원히 전진하는 듯한 그녀의 진실됨이 말이다.

마지막으로 그녀를 너무도 잘 이해하게 해주는 한 편의 시를 여기에 옮긴다. 이것은 그녀의 인간성을, 그리고 그녀의 순수함을, 그리고 그녀의 시에 담긴 일관된 그 무언가를 보여주고 있다고 확신하기 때문이다.

가나다라마바사아자차카파하
아야어여오요우유으이
똑 박 똑 박
천천히
웃지 말고,
입 모양은 제대로
20년 동안 머리에 꾸욱 못 박아 놓고서
갖은 구박을 다 받아도
항상 잊어버린 채 2살짜리 아이처럼
헤헤헤… 웃는…

또, 다시
가나다라마……
아야어여오……
발음해 보지만,
몇 단어 빼고는
모두 다 엉클어진 발음 뿐.
울고, 운다.
자존심이 상해서
체면 때문에 창피해서인가.
이유도 아닌 이유로 나는 운다.

그래도 다시!!
또, 다시
똑 박 똑 박
천천히
웃지 말고
입 모양은 제대로 하면서
가나다라마바사아자차카파하…

아야어여오요우유으이...

내가 보지 못하는 것을 보는 그녀, 나는 그녀가 참으로 부럽다. 나팔 꽃의 시제가 〈대화〉, 〈전화〉, 〈위험한 소풍〉이다. 그녀는 사변의 경계심과 사물과 사물에 관한 〈커뮤니케이션의 긴장 관계〉가 그녀 시의 장점이다. 작가네트에서 기대가 가장 큰 시인 중 한 사람이다.

●이 글은 웹 동아리의 한 회원이, 회원이었던 필자의 시를 보고 쓴 것인데, 수록하면서 글 쓴 사람이 누구인지 정확히 기억나지 않아 확인 전까지는 작자 미상으로 적습니다.

1980년 평택출생
1999년 대한 한겨레문학 신인상수상
2002년 현대 시문학 신인상수상
2003년 시집 내 장독대 길 가장자리에 무지개가 펴다. 출간
2010년 연극 "생쥐와 인간" 영심 易
2015 숭실사이버대학교 방송문예창작과 졸업
現 서울청운초등학교 근무
　시집 집필 중

chy301@sen.go.kr
www.facebook.com/hyeyoung.choen

내 장독대 길 가장자리에 무지개가 펴다

초판 1쇄 발행 2003년 7월 30일 / 개정판 1쇄 발행 2018년 9월 10일

지은이 / 천 혜 영
펴낸곳 / 당그래출판사
펴낸이 / 이 춘 호

등　록 / 1989년 7월 7일(제22-0038호)
주　소 / 서울 중구 퇴계로32길 34-5(예장동)
전　화 / (02)2272-6603
팩　스 / (02)2272-6604
E-mail / dangre@dangre.co.kr